MADAME

POLICHINELLE

Paris.—Imprimé chez Bonaventure et Ducessois,
55, quai des Grands-Augustins.

Ils virent Polichinelle s'élever dans les airs.

MADAME POLICHINELLE

PAR

Mme J. J. LAMBERT

PARIS

DELARUE, LIBRAIRE-EDITEUR

3, RUE DES GRANDS-AUGUSTINS

1861

MADAME POLICHINELLE

I

LA JOLIE DAME

DEPUIS quelques instants, une charmante jeune femme était occupée à examiner le livre de comptes de sa maison. A la voir, le front appuyé sur une de ses petites mains, comparer, avec une profonde tristesse, les recettes et les dépenses, on pouvait aisément deviner que celles-ci l'emportaient de beaucoup sur les premières. Ce chagrin même prouvait encore que la jeune femme devait avoir le sage amour de l'ordre et de l'économie.

Quoi qu'il en fût, c'était, nous le répétons, la plus gracieuse petite personne que l'on pût rencontrer. L'originalité du costume dont elle était vêtue ajoutait encore à sa gentillesse et à sa jolie tournure. Imaginez un élégant caraco à grandes basques et une jupe à gros plis; le tout fait avec de longs triangles d'étoffe roses, bleus, de couleur orange, cerise. Le jupon s'arrêtait un peu au-dessus de la cheville et laissait voir de fins bas blancs ainsi que d'admirables petits sabots rouges dans lesquels le pied de Cendrillon fût à peine entré. Enfin, le chapeau de la jeune femme offrait aux regards un coquet diminutif de la haute coiffure de Polichinelle. Ce chapeau était posé sur des touffes de cheveux d'un blond tellement cendré qu'ils semblaient avoir un œil de poudre, cheveux naturellement crêpés et encadrant un frais visage qui devait sa plus précieuse beauté à une angélique expression de douceur, de sagesse et de bonté.

Tout à coup de grands cris et un bruit de pas précipités se firent entendre. Puis la porte de la pièce où se trouvait l'aimable personne

C'était Polichinelle.

que nous avons essayé de vous peindre s'ouvrit brusquement.

Deux enfants, une petite fille et un petit garçon entrèrent en courant; le premier alla se réfugier dans les bras de la jolie dame, la seconde se cacha derrière la chaise de celle-ci.

—Maman Polichinelle, maman Polichinelle, criaient-ils, empêche papa de nous battre, de nous tuer avec son gros bâton!

Au même moment apparut, sur le seuil de la porte, un personnage qu'il nous suffira de nommer pour le peindre tout entier : c'était Polichinelle en chair et en os. Il tenait à la main son terrible bâton, et ses yeux lançaient des éclairs de fureur.

—Drôle! coquine! criait ce dernier de son côté, je vous battrai comme plâtre blanc.

Cette apostrophe menaçante s'adressait aux deux enfants, c'est-à-dire à M. Polichinelle fils, que l'on appelait Polichinet, et à mademoiselle sa sœur qui avait reçu le petit nom de Polichinette. Voyons, en faisant connaissance avec eux, ce qu'ils avaient pu faire pour mettre si fort en courroux M. Polichinelle père.

II

POLICHINET ET POLICHINETTE

E garçon était exactement en petit ce que monsieur son père était en grand; quant à la jeune demoiselle, elle semblait le portrait en miniature de celle qu'ils appelaient leur mère, et qui était en effet la bonne et jolie madame Polichinelle.

Hélas! il faut bien le dire : les deux enfants n'étaient pas toujours des plus sages.

Une fois, c'était Polichinet qui se fabriquait des quilles avec le bâton de son père; une autre fois, c'était Polichinette qui prenait le grand chapeau de celui-ci pour s'en faire un pot à fleurs.

Il en était résulté que Polichinelle avait fini

Jamais petits bateaux n'allèrent mieux sur l'eau.

par leur défendre de toucher à quoi que ce fût
de ce qui lui appartenait.

Jugez quelle dut être sa colère lorsque, ce
jour-là, il ne trouva plus à leur place ni ses
sabots dorés, ni son mouchoir à broderies.
Les deux enfants s'en étaient emparés.

Des sabots, Polichinet, en y plantant de
grandes baguettes en guise de mâts, avait fait
des petits bateaux, et Polichinette leur avait,
avec le mouchoir, fabriqué des voiles.

Nos espiègles mirent ces embarcations d'un
nouveau genre dans le petit bassin qu'il y
avait derrière la maison paternelle. Jamais
petits bateaux n'allèrent mieux sur l'eau. Ar-
més chacun d'un soufflet, les enfants com-
mencèrent alors, en riant et en criant de joie,
à les faire voguer, glisser, courir d'un bord
du bassin à l'autre.

Cela eût duré jusqu'au soir, sans doute, si
l'arrivée de Polichinelle qui, depuis une heure,
cherchait ses sabots dorés, n'eût mis en fuite
les petits dieux marins; il s'élança à leur pour-
suite.

III

LE LIVRE DE COMPTES

OYANT bien que la moindre ob—
servation n'aurait d'autre résultat
que celui d'irriter davantage Po—
lichinelle, la jeune femme dit
avec son inaltérable douceur :

—Que vous plaît-il, mon mari ?

—Ce qui me plaît, *ventre-de-dindon !* répondit celui-ci, c'est de mettre en quatre ces petits
drôles qui ne cessent de me faire enrager !

—Comme vous voudrez ; mais il me semble
que ce sera bien pire encore.

—Pourquoi cela ?

—Parce que, en faisant ce que vous dites,
au lieu de deux méchants enfants nous en
aurons alors quatre... Et comment parvien—

drons-nous à les nourrir, nous qui avons déjà
tant de peine à élever Polichinet et Polichinette.

—Je n'y avais pas pensé, *ventre-de-canard !*
murmura Polichinelle en se grattant le bout
de l'oreille.

Profitant bien vite de ce que notre irascible
personnage commençait à réfléchir sur la
sottise que la colère allait lui faire commettre,
son ingénieuse compagne dit aux enfants :

—Puisque vous ne voulez pas devenir sages,
il faut que vous soyez punis ; allez dans votre
chambre où vous resterez toute la journée en
pénitence.

Ceux-ci ne se le firent pas répéter ; ils s'es-
quivèrent après avoir baisé la main de leur
mère—touchante image de toutes les mères—
dans la douce sévérité même de laquelle ils
trouvaient une affectueuse protection.

—Ne voyez-vous pas, mon mari, reprit
alors madame Polichinelle, que cela vaudra
beaucoup mieux que de mettre nos enfants
en quatre.

—Ah ! ma chère femme, je vois bien que

vous avez encore raison ; mais comment ferai-je sans mes sabots dorés et mon mouchoir à broderies qu'ils m'ont tout gâtés, pour aller au bal, dîner en ville, rendre visite au seigneur Mirliflore?..

—Hélas! mon pauvre mari, ce n'est plus le temps de songer aux plaisirs, aux fêtes, ni aux visites.

—Que voulez-vous dire, *ventre-de-poulet?* demanda Polichinelle en faisant passer par devant une des cornes de son chapeau, ce qui était chez lui un signe certain de mauvaise humeur.

—Je veux dire que, malgré mes économies, nous devons trop d'argent, et au seigneur Mirliflore lui-même, pour pouvoir payer nos dettes ; je veux dire que si vous n'y portez remède, on nous prendra notre maisonnette, et que vous-même irez en prison.

—Comment savez-vous cela?

—C'est mon livre de comptes qui vient de me l'apprendre.

—L'impertinent! l'insolent! je le ferai, à coups de bâton, parler d'autre sorte.

—C'est un ami fidèle qui nous prévient du danger.

—Un ami qui m'annonce que j'irai en prison : j'assommerai votre livre de comptes !

—Cela empêchera-t-il le seigneur Mirliflore de venir vous demander l'argent que vous lui devez ?

—J'assommerai le seigneur Mirliflore.

—Alors vous aurez affaire au commissaire, aux gendarmes.

—J'assommerai le commissaire, les gendarmes ; j'assommerai tout le monde, *ventre-de-coq !*

A la manière dont Polichinelle, en parlant ainsi, faisait tour à tour passer de derrière par devant les cornes de son chapeau, il était aisé de voir qu'il cédait au fol emportement d'une colère nouvelle et plus terrible encore qu'un moment auparavant.

Madame Polichinelle elle-même en eût été effrayée, si la sagesse et la raison ne donnaient un courage et une force invincibles.

Elle poursuivit de sa voix toujours douce :

—Quand vous aurez assommé tout le

monde, mon cher mari, assommerez-vous aussi votre conscience?... cette conscience qui vous reprochera d'être un malhonnête homme, un tueur de gens?

Polichinelle baissa le nez, fit tout doucement reprendre à son chapeau la position dans laquelle il avait coutume de le porter ; puis il reprit après quelques instants :

—Que me conseillez-vous donc de faire, chère dame ?

—Oh! c'est bien simple, répondit la jeune femme toute rayonnante de joie, car elle pensait que son mari voulait enfin devenir plus raisonnable.

Un incident imprévu vint faire évanouir encore une fois les espérances de la pauvre madame Polichinelle.

Pied-de-Levrette avait enfourché sa canne
à grosse pomme d'or.

IV

LE SEIGNEUR MIRLIFLORE

L'INCIDENT dont nous avons parlé à la fin du chapitre précédent arriva sous la forme d'une grande lettre carrée, scellée d'une immense cachet et portée par Pied-de-Levrette, le coureur du seigneur Mirliflore.

Sur l'ordre de son maître, Pied-de-Levrette avait en effet enfourché sa canne à grosse pomme d'argent, ainsi qu'il avait l'habitude de le faire pour courir, et s'était, au galop de ses grandes jambes, dirigé vers la demeure de Polichinelle.

Les exclamations que les enfants du voisinage poussaient à la vue du beau coureur, annoncèrent son arrivée à nos personnages avant qu'il eût frappé à la porte de cette demeure.

Polichinelle s'empressa de décacheter et de lire la missive qui lui était si pompeusement envoyée. A peine l'eut-il parcourue du regard que ses traits rayonnèrent de plaisir.

—Portez mes remercîments au seigneur Mirliflore, dit-il à Pied-de-Levrette, et affirmez-lui que je profiterai de l'honneur qu'il veut bien me faire.

Le coureur partit comme il était venu.

Polichinelle reprit, en battant des entrechats :

—Vous vous trompiez, assurément, ma chère femme, en disant que ce n'était plus le temps de songer au plaisir : voyez, le seigneur Mirliflore m'invite, par la plus belle lettre du monde, à la grande fête qu'il donne demain à son château.

—Et vous irez à cette fête?

—*Ventre-de-poularde !* je le crois bien.

—Prenez garde, mon mari ; vous devez beaucoup d'argent au seigneur Mirliflore. Il vaudrait mille fois mieux, pendant que je

Le Seigneur Mirliflor admirait son magnifique
costume.

travaille de mon côté, travailler du vôtre pour payer nos dettes ; prenez garde, ce méchant seigneur est rusé...

—Et moi, croyez-vous que je sois un im-bécile, *ventre-d'oie !*... J'irai à sa fête et j'en rapporterai des macarons pour Polichinet et pour Polichinette.

—Quand serez-vous donc raisonnable ? soupira madame Polichinelle.

—Après-demain, je te le promets.

—Vous dites toujours cela : demain, après-demain, et ces lendemains–là n'arrivent jamais.

—Alors, ce n'est pas ma faute, hé, hé, hé! mais quand demain sera aujourd'hui, tu verras !

Le jour de la fête venu, précédons de quelques instants Polichinelle dans le château du seigneur Mirliflore.

L'unique souci de ce seigneur était d'avoir les plus beaux, les plus riches habits que l'on pût voir. Aussi ne faisait-il guère autre chose que s'occuper de sa toilette ; il y passait quelquefois des journées entières et, comme ses

3

pareils, ne réussissait souvent qu'à être ridicule à force de recherches, de prétentions et d'ornements entassés sur sa personne. C'était, vous en conviendrez, du temps bien mal employé.

Or, depuis près d'une heure, le seigneur Mirliflore admirait dans une glace, où il se voyait tout entier, le magnifique costume qu'il avait mis ce jour-là pour recevoir ses invités.

Le bon seigneur cherchait, en se mirant, la meilleure manière de marcher, de saluer, de parler, de rire, de tousser avec un si beau costume.

Il venait de se faire, pour la cinquantième fois au moins, la révérence lorsque, au lieu de sa magnifique et brillante image, il ne vit plus dans la glace que le sombre reflet d'un personnage à la figure bronzée, dure, moustachue, aux habits de gros drap, et au côté duquel pendait une longue épée dont la poignée était en fer brut.

Mirliflore se sentit près de défaillir ; la sotte pensée lui vint qu'une méchante fée l'avait tout à coup changé en un vilain escogriffe.

Certes, il l'eût bien mérité. Malheureusement les fées n'existent que dans les contes. Une grosse voix se fit entendre derrière le beau seigneur, et il reconnut que ce n'était pas son image, mais celle d'un personnage inconnu qui venait d'entrer, qu'il voyait dans la glace dont lui-même s'était, sans s'en apercevoir, un peu écarté en faisant la révérence.

—Je suis le sergent Poigne-de-Fer, disait cette voix ; allons, suivez-moi en prison, ou je vous y forcerai bien!

—Moi! s'écria Mirliflore qui recommença à trembler, vous suivre en prison! pourquoi cela?

—Parce que mon capitaine m'a dit ce matin : Poigne-de-Fer, va au château du seigneur Mirliflore, il y a dans ce château quelqu'un à prendre au collet. Je ne connais que ma consigne, moi, on m'a dit d'arrêter quelqu'un ; vous êtes le premier qui me tombez sous la main : je vous arrête.

—Mais ce n'est pas moi qu'il faut mener en prison, c'est Polichinelle.

—Oh! oh! fit le sergent qui perdit une partie de son assurance.

—Je sais bien qu'il n'est pas facile de le prendre. Voilà pourquoi je l'ai invité à ma fête. Pendant qu'il ne songera qu'à s'amuser vous pourrez vous saisir de lui, et le conduire en prison pour le punir de ne pas me payer l'argent qu'il me doit.

—C'est différent : alors, je vais faire garder la porte du château afin que Polichinelle, une fois qu'il sera entré, ne puisse plus sortir. Puis, moi-même et deux de mes soldats nous ne le perdrons pas de vue et, au moment du feu d'artifice, nous nous jetterons sur lui avec de bonnes cordes.

—C'est très-bien ! mais prenez garde qu'il ne vous échappe, car il est pire qu'un diable.

—Oh ! s'il nous échappe, répondit tranquillement Poigne-de-Fer, je sais bien ce que je ferai.

—Et que ferez-vous ?

—Je vous arrêterai, parce qu'il faut que j'arrête quelqu'un, moi ! c'est ma consigne.

Ce disant, Poigne-de-Fer s'éloigna sans vouloir en entendre davantage.

V

FUITE MERVEILLEUSE DE POLICHINELLE

OLICHINELLE était parvenu à re—
dorer ses sabots, et des morceaux
de son mouchoir on lui en avait
fait un tout neuf. Cependant il
n'avait pas, en arrivant au châ-
teau, cet air joyeux qu'on lui voyait en pa—
reilles circonstances. C'est qu'il pensait aux
conseils que lui avait donnés sa femme de
prendre garde à lui.

Le gardien de la porte le pria poliment de
lui laisser son bâton, disant que ce bâton le
gênerait pour danser, et que d'ailleurs le château n'était pas un endroit à garder un semblable compagnon.

Polichinelle ne trouva rien à objecter à

cela ; mais il commença à penser que sa bonne et sage compagne pouvait bien et comme toujours avoir raison. Un moment il fut sur le point de retourner en arrière ; mais l'amour du plaisir l'emporta encore une fois sur la prudence. Polichinelle donna son bâton au gardien et entra.

Tout en prenant sa large part de la fête, notre personnage restait sur ses gardes ; aussi ne tarda-t-il pas à s'apercevoir qu'il était sans cesse suivi par trois ombres qui n'étaient point celles de sa personne et de ses deux bosses. A son tour et sans en avoir l'air, il ne cessa d'observer du coin de l'œil tous leurs mouvements. Pour n'en rien perdre, il ne se tint plus que dans les endroits les mieux éclairés. Lorsque le moment de tirer le feu d'artifice fut arrivé, il alla se planter au pied même des pièces préparées pour cela.

A la lueur des dernières bombes et des dernières fusées, Polichinelle vit les trois ombres, dans lesquelles il reconnut des soldats, tirer de grosses cordes de leurs poches et s'élancer vers lui pour le saisir. S'il avait eu son bâton, il les eût certainement attendus de pied ferme. Ne pouvant lutter, il voulut fuir : le chemin lui était fermé de tous côtés.

—Nous le tenons ! s'écria alors Poigne-de-Fer qui était une des trois ombres.

Mais, ô prodige ! A l'instant où le sergent et ses hommes croyaient n'avoir plus qu'à tendre la main pour s'emparer de Polichinelle, ils le virent s'élever dans les airs comme s'il lui eût poussé des ailes.

Puis ils entendirent, au-dessus de leur tête, un ricanement railleur.

L'audacieux captif leur échappait à la manière des oiseaux, ou plutôt à la faveur d'une grande montgolfière dont l'ascension devait terminer la fête.

VI

OU L'ON VERRA COMMENT POIGNE-DE-FER

EXÉCUTA SA CONSIGNE ET COMMENT POLICHINET GRANDIT DE QUATRE PIEDS EN UNE DEMI-HEURE.

OIGNE-DE-FER et ses soldats étaient restés tout ébahis et tout penauds de la fugue aérienne de Polichinelle. Des centaines de personnes n'étaient pas encore allées, comme aujourd'hui, en ballon, et nul n'eût imaginé qu'il aurait l'idée et le courage de se jeter dans la petite nacelle destinée seulement à servir de lest à la montgolfière dont nous avons parlé. C'était cependant ce que Polichinelle avait fait au moment où l'on coupait la corde qui retenait captive cette montgolfière. Nous ne le suivrons pas, bien entendu, dans son périlleux voyage. Dieu sait comment il en reviendra !

Ils conduisirent en pleurant leur chef au violon
de ce temps-là.

Le sergent, après avoir inutilement montré le poing au fugitif qui riait comme un bossu, dit à ses soldats :

—Il nous faut arrêter quelqu'un ; c'est la consigne ; allons arrêter le seigneur Mirli-flore.

Le beau seigneur s'était déjà caché si bien qu'il fut impossible de le découvrir.

—Arrêtons le portier, arrêtons un des in-vités, mais arrêtons quelqu'un, reprit Poigne-de-Fer.

Mais le concierge s'était barricadé dans sa maisonnette, et les invités avaient pris la clef des champs.

—Mes enfants, reprit Poigne-de-Fer en s'adressant à ses soldats : nous sommes ve-nus ici pour arrêter quelqu'un ; il ne faut pas que la consigne soit violée : je m'arrête moi-même ; conduisez-moi en prison.

Les soldats ne virent rien de mieux à faire que d'obéir à leur chef ; ils le garrottèrent en pleurant et le conduisirent au violon de ce temps-là.

Le lendemain, grande fut la désolation de

la famille de Polichinelle, lorsqu'elle apprit l'étrange disparition de ce dernier. Cependant, comme il n'était pas mort et qu'il avait échappé à nombre de périls aussi grands que celui auquel il devait s'être trouvé exposé, on finit par se laisser aller à l'espérance de le revoir sain et sauf.

—Ma chère maman, dit Polichinette, je serai maintenant bien sage pour te consoler un peu.

—Moi aussi, ajouta Polichinet.

—Et puis, poursuivit la première, afin que tu n'aies plus peur qu'on nous prenne notre maison, je t'aiderai tant que tu voudras à finir la magnifique broderie du grand morceau de drap d'or et d'argent à laquelle tu travailles depuis si longtemps.

—Et moi, reprit le premier, je sais bien ce que je ferai. Donnez-moi seulement, ma chère mère, un gros morceau de pain et un petit morceau de cette broderie. Donnez-moi encore l'autorisation de m'en aller pendant deux jours, et vous verrez !

Madame Polichinelle voulut questionner

l'enfant, mais il la pria si tendrement de lui permettre de garder son secret et de lui accorder ce qu'il demandait qu'elle consentit à tout.

Une heure plus tard, Polichinet se mettait en route et marchait toute la journée, lui qui ordinairement était si paresseux ! Deux fois seulement il s'était assis quelques instants au pied d'un arbre, l'une pour y déjeuner, l'autre pour y dîner d'une partie de son morceau de pain, lui qui avait toujours été si gourmand !

La nuit avait succédé au jour lorsque notre petit personnage arriva en vue d'un beau château. Il entra dans une ferme qui en était proche, et obtint la permission de coucher dans la grange de cette ferme sur une botte de paille qu'il trouva plus douce que la plume, bien qu'il eût l'habitude de se plaindre toujours que son lit n'était pas assez douillet.

Oubliant sa paresse accoutumée, il se leva avec le soleil, fit sa toilette, puis se dirigea, son petit morceau de broderie dans sa poche, vers le château voisin.

Ce château était celui que le roi et la reine habitaient pendant l'été.

—Je voudrais parler à la reine, dit Polichinet au gardien de la demeure royale.

—Oh! oh! fit celui-ci en haussant les épau-
les, vous n'êtes pas un assez grand personnage
pour cela.

—S'il ne s'agit que d'être plus grand que
je ne le suis, ce sera chose bientôt faite, répondit tranquillement Polichinet.

Il retourna sur ses pas et revint au bout
d'une demi-heure, grandi de plus de quatre
pieds.

Notre petit bonhomme s'était allongé les
jambes avec une paire d'échasses qu'il venait
de se fabriquer.

—Suis-je un assez grand personnage comme
cela pour parler à la reine? demanda-t-il.

Le gardien et les gardes qui se trouvaient à
la porte du château se mirent à rire si fort que
le roi et la reine vinrent au balcon de leur pa-
lais.

Ceux-ci voulurent savoir la cause des rires
qu'ils entendaient. Un officier vint s'en infor-
mer et courut l'apprendre aux deux Majestés.

Elles ordonnèrent alors de faire approcher

Polichinet fit un profond salut.

le plaisant personnage qui demandait une au-
dience.

Polichinet fut aussitôt conduit au pied du
balcon où se tenaient le roi et la reine.

Il fit un profond salut et dit à cette der-
nière en lui présentant le petit morceau d'é-
toffe qu'il avait apporté :

—Madame, daignez, avec la permission du
roi votre époux, jeter un regard sur cette broderie.

A peine la reine eut-elle examiné le morceau de tissu brodé d'or et d'argent qu'elle
s'écria :

—Je donnerais toutes les perles fines de
la couronne du roi pour avoir une robe faite
avec une pièce d'étoffe semblable. Mais une
pièce aussi admirable ne peut exister, car il
semble que ce serait l'ouvrage d'une fée.

—Elle existe, Madame, répondit Polichinet ; c'est l'œuvre de la fée Travail, du bon
génie de notre maison, de ma mère madame
Polichinelle.

La reine tomba évanouie de joie dans les
bras de son auguste époux.

RETOUR DE POLICHINELLE

REVENONS à Polichinelle : sa montgolfière l'avait transporté en une nuit, et, comme elle se dégonflait peu à peu, déposé à plus de cinquante lieues de l'endroit d'où il était parti. Son premier soin fut de se fabriquer un nouveau bâton. Puis, n'ayant point d'argent, il reprit à pied le chemin de sa maison et se fit tueur de loups pour vivre en route.

On comprend qu'il ne devait pas aller vite en voyageant de la sorte. Aussi mit-il trois grands mois avant d'arriver.

« Hélas ! se disait-il, ma chère femme et mes pauvres enfants sont peut-être morts de

Le digne souverain embrassa la bosse de derrière
de notre héros.

faim. Mes créanciers les auront chassés de notre demeure. Ah! si j'avais suivi les conseils de madame Polichinelle! »

Quel ne fut pas son étonnement quand il vit, au lieu de la maison délabrée qu'il avait laissée, une habitation coquettement remise à neuf, et à la porte de cette demeure un carrosse doré.

—Qui demeure maintenant ici? demanda-t-il à un des valets de pied du carrosse.

—La bonne et jolie madame Polichinelle qui est en ce moment avec la reine son amie, répondit le valet.

Polichinelle crut rêver. Pendant qu'il se demandait s'il dormait ou s'il était bien éveillé, une dame portant réellement la couronne sortit de la maison, embrassa madame Polichinelle qui l'accompagnait, puis monta dans le carrosse dont les chevaux partirent au grand galop. Madame Polichinelle aperçut alors son mari; elle poussa un cri de joie et l'entraîna dans la maison où Polichinet et Polichinette se jetèrent à leur tour dans les bras du pauvre tueur de loups.

—Papa, dit Polichinette quand on se fut bien embrassé, nous sommes riches maintenant. Maman et moi nous faisons toutes les robes de la reine qui nous aime bien, elle a commandé de nous payer une grosse pension pour cela. Enfin Polichinet est devenu si bon garçon que le roi en a fait son page.

—*Ventre-de-faisan-doré!* à qui devons-nous tout cela? demanda Polichinelle émerveillé.

—A l'économie, au travail et à l'ordre, répondit madame Polichinelle, le bon génie de la maison.

—Je m'en souviendrai! murmura Polichinelle.

Le lendemain même, M. Polichinelle père, tenant par la main sa chère femme et suivi de Polichinet ainsi que de Polichinette, fut présenté au roi.

Celui-ci qui était bon prince voulut donner l'accolade au mari de l'amie de son auguste moitié; comme Polichinelle s'inclinait à ce moment, le digne souverain embrassa avec effusion la bosse de derrière de notre héros.

FIN.